Sylter Novelle

Theodor Storm

Einem Sylter in Wenningstedt wird seine einzige Tochter von einem dänischen Seeoffizier verführt (das Schiff ist hier stationiert). Haß des Sylters gegen das Militär und alles Gesetzliche. Er strandraubt. Der König setzt einen energischen Landvogt ein. Dieser hat eine halberwachsene Tochter.

Die Verführte war im Wochenbett gestorben; der hinterlassene Sohn (Lars) wird vom Großvater im Haß gegen das Militär und das Gesetz erzogen und ist verrufen auf der Insel. Er ist schön und stark, gleich des Landvogts Tochter. Da – zur Jahrmarktszeit – tritt er ihr, die von anderen Knaben und Mädchen umringt ist, entgegen. Jene warnen sie vor dem gefürchteten Jungen, und sie sagt ihnen, sie sollten ihn wegjagen. Sie versuchen es; er wirft sie. Da werden die Augen des Mädchens zornig. »Zurück, laßt mich! Nein, allein!« ruft sie. Und das schöne kräftige Mädchen stürmt gegen ihn. Er starrt sie an, und wie sie mit ihren kleinen festen Händen ihn packt, kommt es wie Lähmung über ihn; sie wirft ihn zu Boden und setzt ihren Fuß auf seinen Nacken. Er geht schweigend fort.

Die Tochter des Landvogts geht gern in die Dünen. Es spukt dort; Geheul und Geschrei (aber auf Anstiften des alten Sylters von seinem Enkel Lars veranstaltet, um die Menschen fortzuscheuchen). Da tritt der Alte ihr entgegen. Sie erschrickt und entflieht. Lachend kommt der Alte hinterher; sie stürzt, verrenkt den Fuß und kann nicht wieder aufkommen. Plötzlich ist der Junge zur Stelle. Er hebt sie sanft vom Boden. »Trage mich nach Haus!« befiehlt sie ihm – »Ja«, und er tut es. Sorgfältig wie eine Mutter trägt er sie. »Du bist doch der Stärkste«, sagt sie sanft und schließt dabei die Augen. »Nur jetzt«, sagt er, »aber mach doch die Augen auf!« – »Willst Du es?« – »Ich will es nicht, ich bitte dich nur darum; denn du bist doch die Stärkste!« Da tut sie es. So gehen sie Aug in Auge. Lars strauchelt einmal. Fast wären sie gefallen. Er trägt sie nach Westerland ans Haus und pocht das Gesinde heraus. Dann wendet er sich, und schweigend entflieht er, als hätte er ein Verbrechen begangen.

Zwiespalt in ihr, wer der Mächtigste.

Lars sagt ihr, daß er von dem Alten fort will und zur See. Er hat sie vor dem Alten beschützt, und deshalb ist der Alte gegen ihn. Lars verschwindet (geht zur See).

Sie verlobt sich nach zwei Jahren und denkt seiner nicht mehr sehr. Das ist wesentlich das Werk ihres Vaters, des Landvogts. Eines Tages sitzen die Verlobten zusammen in der Laube. Sie duldet unangenehm seine Zärtlichkeiten. Als er sie umfassen will, springt der Schiffer (Lars) herein und wirft ihn über den Zaun. Sie ist empört; erbittert weist sie Lars zurück. Der Bräutigam, geschunden und gestoßen, klagt. Da wird ihr der Kontrast zwischen den beiden bewußt; sie lächelt innerlich.

Hochzeitsnacht. Ihre Zuneigung zum Bräutigam ist etwas erschüttert. Am Tage vor der Hochzeit gehen sie in die Dünen, um von der Größe und Stille Abschied zu nehmen. Der Schiffer (Lars) will auch folgen, ist auch da. Sein Schatten wird ihr sichtbar. Das Brausen des Meeres. Es fällt ihr auf die Seele: Morgen sollst du den Jämmerlichen heiraten. Mondlicht in den Dünen. Wut, Groll, Leidenschaft und Erbitterung gegen die Menschen kämpfen in ihr mit der keuschen Scheu, die ihr die Herrschaft über ihn gibt. Sie begegnen sich: »Weshalb bist du hier?« – »Wohl deshalb wie du: Ich will nicht, was ich soll.« – »Ich weiß, du verachtest mich. Trete mich mit Füßen! Nur einen Blick in Deine Augen!« Er umfaßt sie. Sie steht reglos. Da schlägt sie die Arme um ihn. Rasende Leidenschaft von beiden Seiten. Brautnacht in den Dünen. Das Meer.

Er wirft sich vor ihr nieder. Sie verlangt, daß er ihr verspricht, nie wiederzukommen, sie nie wiederzusehen. Er verspricht es. Sie weiß, daß er am nächsten Morgen fort muß.

Am Morgen: Trauung in der Kirche. Zwiespalt in ihr, daß sie schon mit einem Ehebruch in die Ehe tritt. Der Priester spricht von der Wahrheit als Grundlage der Ehe. Auf seine Frage, ob sie gewillt sei, dem Bräutigam die Hand zur Ehe zu reichen, sagt sie: »Nein!« Aufruhr in der Kirche. Zorn des Vaters (des Landvogts). Aber sie will nicht. Der Bräutigam fort; er verläßt die Insel.

Sie lebt im väterlichen Haus, bis ihre Schwangerschaft deutlich wird. Dann wird sie vom Vater verstoßen. Bei dem alten Sylter (in Wenningstedt) sucht sie Hilfe. Sie erzählt ihm alles. Höhnische Freude des Alten an seinem Enkel (Lars), daß er seine Mutter gerächt hat. Der Alte nimmt sie auf. Aber er verlangt strengen Gehorsam. Sie bleibt als Aschenbrödel, muß sogar bei Strandraubfällen Dienste tun.

Sie gebiert ein Kind. Sie sehnt sich nach Lars. Jedes Segel läßt sie hoffen; aber sie weiß, er wird sein Wort nicht brechen.

Sturm. Ein alter Schiffer erzählt, er habe bei einem gewaltigen Kapitän Dienst getan; der sei vor einigen Tagen in die Nordsee eingelaufen und habe zwischen Sylt und Helgoland nach Hamburg wollen. »Wenn der Sturm ihn jetzt nur nicht zu fassen kriegt!«

Nachts Strandfall. Der alle Sylter (von Wenningstedt) sammelt seine Kameraden. Der Alte läuft, um sein Gewerbe zu betreiben, an den Strand. Sie, von der Angst erfaßt, es könne Lars sein, folgt dem Alten.

In den Dünen (zwischen Wenningstedt und Westerland) kommt es zum Kampf zwischen den Überlebenden des gestrandeten Schiffes und den Strandräubern. Kampf in der Dunkelheit zwischen (Groß-)Vater und Sohn. Sie kommt dazu und findet Lars tot.

Sie gerät in ein Dünental, läuft im Dämmern gegen einen Pfahl, der im Sande eingerammt ist. Sie sieht auf: Da stehen wohl über zwanzig Pfähle. Sie weiß es, man hat es ihr gesagt; da liegen die Heimatlosen, die Gestrandeten, die Erschlagenen. (Man darf dem Meer nicht ganz rauben, was es sich erobert, darum in den Dünen begraben.) Ihr graut. Sie läuft zwischen die Pfähle durch. Da – Geheul von einer Seite, es antwortet von der anderen.

Sie entflieht und fällt.

Eine irrsinnige Frau geht in den Dünen um.